VENTE

des Lundi 21, Mardi 22 et Mercredi 23 Décembre 1903

HOTEL DROUOT, SALLE N° 1

A 2 HEURES 1/4

OBJETS D'ART

ET DE

Riche Ameublement

Epoques et Styles

XVIe, XVIIe et XVIIIe siècles

ANCIENNES TAPISSERIES

TABLEAUX

DIAMANTS

PERLES — PIERRES DE COULEUR

Dentelles

Me Lucien BRIÈRE
COMMISSAIRE-PRISEUR
4 — Rue Richer — 4

M. Arthur BLOCHE
EXPERT PRÈS LA COUR D'APPEL
51, Rue Saint-Georges, 51

EXPOSITION PUBLIQUE

LE DIMANCHE 20 DÉCEMBRE 1903

DE 2 HEURES A 5 HEURES 1/2

PARIS. — IMPRIMERIE C. CHAUFOUR
8-10, Rue Milton, 8-10

CATALOGUE

DES

OBJETS D'ART

ET DE

Riche Ameublement

Epoques et Styles

XVIe, XVIIe et XVIIIe siècles

Beaux Marbres, Bronzes de VIAN, Tableaux, Porcelaines
Faïences, Objets de vitrine

DIAMANTS — PERLES — PIERRES DE COULEUR

Argenterie

Belles Dentelles, Points d'Alençon

MEUBLES D'ART

de CHAPUT et de KELLER

PIANO DE GAVEAU

Anciennes Tapisseries de la Renaissance et du XVIIIe siècle

Tapis, Tentures

DONT LA VENTE AURA LIEU

HOTEL DROUOT — SALLE N° 1

Les Lundi 21, Mardi 22 et Mercredi 23 Décembre 1903

A 2 HEURES 1/4

Me LUCIEN BRIÈRE
COMMISSAIRE-PRISEUR
4 — Rue Richer — 4

M. ARTHUR BLOCHE
EXPERT PRÈS LA COUR D'APPEL
51, Rue Saint-Georges, 51

chez lesquels se trouve le présent catalogue

EXPOSITION PUBLIQUE

Le Dimanche 20 Décembre 1903, de 2 heures à 5 heures 1/2

CONDITIONS DE LA VENTE

Elle sera faite expressément au comptant.

Les acquéreurs paieront *dix pour cent* en sus des enchères.

L'exposition permettant au public de se rendre compte de la nature et de l'état des objets, il ne sera admis aucune réclamation une fois l'adjudication prononcée.

9807. — Imprimerie artistique C. CHAUFOUR, 8-10, rue Milton

DÉSIGNATION

BIJOUX, ARGENTERIE

OBJETS DIVERS

26 (1) — Beau collier à pampiiles tout en brillants.

27 — Collier de chien de seize rangs de perles fines entrecoupés de cinq barettes en brillants.

28 — Bayadère en perles fines avec glands en perles.

29 — Epingle de cravate avec perle fine.

30 — Broche flèche en diamants et perle fine.

31 — Belle châtelaine en or avec pendeloques et montre à sonnerie époque Louis XVI.

(1) Ce numérotage est la continuation de celui de la vente après décès de M. et Mme K... qui aura lieu dans la même salle.

32 — Chaîne châtelaine avec montre en or.

33 à 36 — Quatre paires de boutons d'oreilles enrichis de perles surmontés de brillants.

37-38 — Deux paires de boucles d'oreilles turquoises entourées de brillants.

39-40 — Trois paires de boucles d'oreilles émeraudes entourées de brillants.

41 — Paire de boucles d'oreilles ornées de rubis entourées de diamants.

42 — Paire de boucles d'oreilles ornées de saphirs et de diamants.

43 — Bague ornée d'un saphir, d'un brillant et de six petits brillants sur le corps.

44 — Bague diadème saphir, brillants et roses.

45 — Bague rampe ornée de deux brillants et de petits brillants.

46-47 — Deux bagues diadème ornées de turquoises et de brillants.

48 — Bague diadème avec perle poire et brillants.

49 à 51 — Trois bagues enrichies chacune de cinq émeraudes.

52 — Broche ornée d'une opale et de brillants.

53 — Broche turquoise et brillants.

54 — Parure de boutons de chemise en or et turquoises.

55 — Bague saphir entourée de diamants.

56 — Paire de boutons d'oreilles formés de gros brillants solitaires.

57 — Bague opale entourée de diamants.

58 — Bague avec rubis d'Orient, perle fine et brillants.

59 — Broche forme mandoline en or émaillé et roses.

60 — Collier carcan enrichi de rubis, d'émeraudes, de saphirs et de diamants, au centre grosse pierre fine.

61 — Chaine de cou en or avec six pendeloques en améthystes.

62 — Sautoir en or enrichi de quinze perles fines.

63 — Broche en brillants, perle et perle pendeloque.

64 — Marquise ancienne en brillants, émeraudes et rubis.

65 — Broche forme étoile en brillants.

66 — Bague ornée d'une perle fine et de brillants.

67 — Bague pavée de brillants.

68 — Broche forme marguerites suspendues à un nœud de rubans en brillants.

69 — Flacon en cristal, bouchon en or et améthyste.

70 — Epingle à chapeau avec perle à tête de monstre.

71 — Epingle de cravate ornée d'une perle ronde.

72 — Epingle de cravate avec grande perle poire.

73 — Epingle de cravate surmontée d'une petite perle poire.

74 — Epingle de cravate ornée d'une perle bouton.

75 — Bague perle et deux brillants.

76 — Bague perle et roses sur le corps.

77 — Bague turquoise entourée de brillants.

78 — Bague ornée d'un rubis entouré de roses.

79 — Paire de boutons d'oreilles perles surmontées de brillants.

80 — Pendentif orné de deux perles fines.

81 — Epingle à chapeau avec perles fines.

82 — Epingle à chapeau avec perle ronde.

83 — Broche en argent et diamants XVIIIe siècle.

84 — Bague losange ornée de brillants et de saphirs.

85 — Bague ornée d'un gros brillant et de roses sur le corps.

86 — Bague enrichie d'un saphir et de brillants.

87 — Bague marquise brillants.

88 — Broche perle et brillants.

89 — Bagues roses et saphirs.

90 — Bague rubis et roses.

91 — Chaîne or.

92 — Bague rubis entre deux brillants.

93 — Bague brillant entre deux rubis.

94 — Bague perle, brillants et rubis.

95 — Epingle de cravate forme couronne.

96 — Deux boutons à vis brillants.

97 — Broche or et argent pierre simili.

98 — Lot de petites perles fines sur papier.

99 — Couvert ancien en argent : cuiller, fourchette et couteau.

100 — Petite montre en or enrichie de perles.

101 — Trois perles fines monture or.

102 — Flacon forme poisson en argent.

103 — Boîte Louis XVI en argent.

104 — Broche argent doré entourage pierres bleues.

105 — Bonbonnière Louis XV en argent.

106 — Bague en argent doré tête de diable.

107 — Pendentif en strass anciens.

108 — Chatelaine ancienne en argent.

109 — Etui en argent époque Louis XV.

110 — Pendentif en grenats et turquoises.

111 — Bracelet en argent avec miniature époque Louis XV.

112 — Manche d'ombrelle en argent.

113 — Cadre en argent. Epoque Ier Empire.

114 — Collier indien en argent.

115 — Boucle avec pierre bleue, épopue Louis XVI.

116 — Collier orné de pierres vertes. XVIIIe siècle.

117 — Médaillon en or et perles fines.

118 — Deux boucles en argent et strass.

119 — Soupière Louis XIV en argent ciselé.

120 — Miniature sur ivoire portrait de femme avec fleurs dans les cheveux.

121 — Miniature sur ivoire portrait de femme en costume blanc.

122 — Deux petites statuettes en porcelaine de Saxe. La Déclaration.

123 — Deux statuettes en porcelaine d'Allemagne, la Chanteuse des rues et la Marchande de pommes.

DENTELLES

124 — Superbe garniture de robe composé de deux volants en point d'Alençon ; dessin à bouquets de fleurs à feuillages et rosaces.

Grand volant, haut. 0^m25, long. 10^m25.

Petit volant, haut. 0^m09, long. 3^m75.

125 — Trois voilettes application.

126 — Echarpe application.

127 — Echarpe en point duchesse.

128 — Deux boléros point à l'aiguille.

129 — Col point Duchesse.

130 — Col en point de Paris.

131 — Col en point de Venise.

132 — Berthe en point à l'aiguille.

133 — Berthe en point de Venise.

134 — Berthe en point Duchesse.

OBJETS D'ART

135 — Très beau buste en marbre représentant le maréchal de Villars revêtu de son armure et drapé dans son manteau de guerre, les cheveux retombant en longues boucles sur les épaules.

136 — Joli petit buste en marbre représentant la petite Frisette d'après Houdon.

137 — Paire de grands candélabres en bronze parties dorées formés par une statuette de Faune et de bacchante tenant des cornes d'abondance d'où s'échappent neuf lumières.

138 — Paire de grands vases de style Louis XVI en granit gris d'Orient ornés de guirlandes de fleurs se rattachant des têtes de béliers en bronze ciselé et doré, culots à feuilles d'achanthe et rinceaux.

139 — Deux rafraichissoirs en argent anses à personnages tenant des serpents enroulés.

140 — Trois corbeilles Renaissance en argent à treillages ajourés avec réserves à scènes seigneuriales.

141 — Deux flambeaux Louis XVI en argent giselé, et ornés de têtes de béliers.

142 — Dix huit couverts et douze fourchettes Louis XIV en argent giselés à armoieries.

143 — Flacon cristal taillé monture or.

144 — Groupe en marbre. Amours se disputant un cœur.

145 — Brule-parfums avec couvercle de forme sphérique en ancien émail cloisonné de la Chine à arabesques et ornements, posant sur trois pieds.

146 — Buste en terre cuite XVIIIe siècle représentant la princesse de Lamballe.

147 — Grand et beau cartel de style Louis XVI en bronze giselé et doré, en forme de lyre entouré de branches de lauriers et de fleurs suspendue à un nœud de ruban, sur applique en bois d'acajou.

148 — Paire de chenêts style Louis XVI en bronze ciselé parties dorées, lions sur balustrades drapées.

149 — Paire de girandoles de style Louis XV à cinq lumières en bronze ciselé et doré, modèle à rocailles fleuronnées.

150 — Quatre lustres à électricité à huit lumières en fer forgé et fleurdelisé, forme architecturale, style Renaissance travail de Vian.

151 — Grand et beau brûle-parfums en bronze de l'Extrême-Orient orné de chimères.

152 — Beau lampadaire, amour portant une corne d'abondance avec lampe décorée de feuilles d'acanthe et d'arabesques en bronze patiné et doré, posant sur une colonne cannelée en marbre brèche fleuri violacé, enguirlandé de roses et de nœuds de ruban en bronze doré, le bas entouré d'un tors de lauriers, socle en marbre rouge jaspé. Style Louis XVI. Travail de Vian.

153 — Paire de vases de Chine, décor à personnages.

154 — Paire de vases du Japon, décor polychrome.

155 — Brûle-parfums en bronze japonais.

156 — Deux vases en émail cloisonné de l'Extrême-Orient.

157 — Buste en marbre: Fantaisie.

158 — Jardinière et deux vases en terre cuite, décor vert et or, groupes allégoriques de Campagne.

159 — Paire de candélabres en bronze partie doré. Louis XVI.

160 — Garniture de foyer en fer forgé et cuivre rouge composée de deux landiers avec barre de traverse, pelle et pincettes.

161 — Plaque ancienne de fond de cheminée.

162 — Veilleuse électriqne suspendue à une potence en fer forgé, travail délicat de Vian dans le gout de la Renaissance.

163 — Lampe de bureau électrique en fer forgé, forme arbre feuillagé, travail de Vian.

164 — Deux appliques à gaz en bronze modèle aux griffons, style Renaissance.

165-166 — Deux beaux groupes en marbe : l'Education et les Caresses de l'amour, inspirés par Falconnet. Haut. : o m. 65.

167 — Buste en marbre : Princesse de Lamballe.

168 — Belle garniture de cheminée en bronze composée d'une pendule représentant l'Aurore, par Carpeaux,et deux candélabres formés par des enfants portant des bouquets à sept lumières, socles en bronze ciselé et doré de style Louis XV. Edition de Graux Marly.

169-170 — Deux statuettes en bronze : Arlequin et Colombine, par Dubois, édition de Barbedienne.

171 — Buste en terre cuite émaillée représentant : Napoléon Ier.

172 — Deux statuettes en porcelaine de Saxe.

173 — Deux paires de petits vases en émail cloisonné.

174 — Deux très grands plats en porcelaine du Japon, décor en polychrome.

175 — Paire de vases en porcelaine pâte tendre fond bleu à médaillons de portraits, monture en bronze doré.

176 — Deux vases en porcelaine pâte tendre fond bleu à cartel sujets Watteau, monture et anses à rinceaux en bronze doré.

177-178 — Deux buires en porcelaine de Tournai fond bleu turquoise décor à sujets d'après Fragonard, monture en bronze style Louis XVI.

179 — Petite pendule en vernis Martin à personnages monture en bronze. Style Louis XV.

180 — Galerie de foyer en fer forgé, les cotés en cuivre doré, forme console, supportés par des cariatides.

181 — Paire de chenêts Louis XV en bronze ciselé et doré : Enfants sur des rocailles.

182 — Potiche avec couvercle en ancienne porcelaine du Japon, décor à branchages, fleurs et lambrequins en bleu, rouge et or, couvercle surmonté d'une chimère, socle en bois de fer.

183 — Statuette en marbre : Baigneuse assise sur rocher.

184 — Cartel Louis XV en bronze ciselé et doré à rocailles fleuronnées.

185 — Petit buste de Louis XVI en bronze doré, socle en marbre orné d'un bas relief en bronze doré à jeux d'enfants.

186 — Lampe colonne en onyx.

187 — Deux potiches avec couvercles en faïence de Delft, dessin bleu sur fond blanc à scènes galantes, couvercles surmontés de perroquets.

188 — Potiche avec couvercle en faïence de Delft, forme à pans et côtelée, dessin bleu sur fond blanc à scène familiale, couvercle surmonté d'une chimère.

189 — Paire de grands vases en porcelaine de Chine, décor à réserves de fleurs et personnages dans des intérieurs en émaux de couleur rehaussés d'or.

190 — Galerie de foyer Empire en bronze doré ciselé et ajouré.

191 — Pendule style Empire à colonnette en marbre et bronzes.

MEUBLES

192 — Belle commode Louis XV en bois de rose, s'ouvrant à deux tiroirs offrant sur le devant une marqueterie de bois à branches de fleurs, riche encadrement en bronze ciselé et doré à rocailles feuillagées et fleuronnées, dessus en marbre brèche.

93 — Joli petit écran en ancienne tapisserie d'Aubusson de l'époque Louis XVI représentant la petite fille dans les blés, d'après Huet, monture en bois sculpté et doré.

194 — Table à thé en marqueterie de bois à losanges, galerie ajourée et draperies en bronze ciselé et doré.

195 — Joli mobilier de salon en bois sculpté et doré, couvert en soierie brochée style Louis XVI, composé d'un canapé, deux fauteuils et deux chaises.

196 — Deux bergères en bois sculpté et laqué couvertes en soierie brochée. Style Louis XVI.

197 — Grande et belle stalle d'aspect monumental en bois de noyer clair sculpté, dossier très haut ; fronton disposé par compartiments décorés, motifs inspirés de Jean Goujon, bandeaux à oves, accotoirs à volutes avec petit banc mobile dans le bas, couvert en panne verte, encadrée de galons rouges unis. Style Renaissance.

198 — Deux décors de croisée, composés de colonnes montantes avec chapiteaux supportant des galeries en bois sculpté. Style Renaissance.

199 — Table hexagonale en poirier noirci sculpté avec portes en bois clair incrusté de pierres dures.

200 — Quatre chaises en poirier noirci et sculpté avec portes en bois clair, dossier à pilastres et frontons ajourés, couvertes en panne verte avec galons anciens en velours rouge et applications. Style Renaissance.

200 *bis* — Trois meubles en bois de luxe. Style L. XVI.

201 — Petite table en bois sculpté et doré. Style Louis XVI.

202 — Table en bois de luxe ornée de bronzes. Style Louis XV.

203 — Petit canapé à dossier cintré forme Louis XVI en bois d'acajou sculpté à rehauts d'or, couvert en satin clair, dossier orné d'anciennes broderies à fleurs et rinceaux, travail de Keller.

204 — Bergère de forme Louis XVI en bois d'acajou sculpté à rehauts d'or, couverte en soierie ancienne brochée à fleurs, travail de Keller.

205 — Deux marquises de même style et même travail.

206 — Tabouret de même style, couvert en panne et velours.

207 — Banquette en bois sculpté et doré, couverte en soierie à fleurs et rinceaux, style Louis XVI.

208 — Petite table avec entre-jambes à étagère, en bois sculpté rehaussé d'or, dessin Louis XVI, travail de Keller.

209 — Chaise en bois sculpté et doré, couverte en velours de Gênes clair, style Louis XVI, de Keller.

210 — Paravent triptique en bois sculpté et doré garni de soie brochée style Louis XVI.

211 — Ecran en bambou et soierie brodée.

212 — Très belle cheminée, d'aspect architectural, en bois de noyer, finement sculpté, bandeau à ornements et cartouches feuillagés, montants avec chapiteaux, le haut à fond de glace avec décoration à colonnettes élégantes, cannelées et feuillagées, cariatides d'oiseaux, et arcades supportées par des pilastres ornementés, intérieur garni de plaques en faïence à décors raphaelesques style Renaissance, travail de Keller.

213 — Grand fauteuil à accotoires mi-circulaires, au dossier à fronton, en bois de noyer sculpté, garni de velours, orné d'applications de style Renaissance, travail de Keller.

214 — Très grande et magnifique armoire, ouvrant à deux portes, en bois de noyer sculpté, à encadrement avec moulures saillantes, frontons, montants et poinçons à ornements et coquilles, meuble rare du temps de Louis XIV.

215 — Joli meuble de salon en bois sculpté et doré, couvert en tapisserie, à petits personnages, sujet d'après Huet, encadrés de draperies et de guirlandes de fleurs, style Louis XVI.

216 — Salle à manger Louis XV, en bois sculpté et laqué blanc, composé d'un buffet, le milieu légèrement en retrait, s'ouvrant à deux portes grillagées, à deux petites portes sur les côtés, et dans le bas, à trois portes ornées de coquilles et rocailles fleuronnées, le haut à coquilles et rocailles fleuronnées, et ajourées au milieu de volutes à baguettes enrubannées, 1° d'une table ronde de même travail, d'une armoire à argenterie s'ouvrant à six portes, ornées de croisillons, dessus en marbre rouge, veiné, et de douze chaises foncées de canne, avec coussins en damas de soie jaune à fleurs.

217 — Lit de milieu Louis XV, en bois sculpté laqué blanc et vert d'eau, sculptures à rocailles fleuronnée, et foncée de canne dorée.

218 — Chaise longue Louis XV, en trois parties en bois sculpté de même décor et même travail, recouverte de velours de Gênes fond gris à fleurettes.

219-220 — Deux petites chaises légères, de même travail, foncées de canne dorée, avec coussins en même velours de Gênes.

221 — Table de nuit Louis XV, de même travail, à deux étagères, foncée de canne dorée.

222 — Table à coiffer forme à contours, en bois sculpté et doré à ruban enroulé et rais de cœur s'ouvrant sur le côté, à six tiroirs, dessus en glace.

223 — Cheminée Louis XV, en bois sculpté, bandeau offrant au centre une coquille en marbre de rocailles fleuronnées, montants à consoles surmontées de coquilles feuillagées.

224 — Glace trumeau, époque Régence, en bois sculpté et peint en blanc, montant offrant au centre un cartouche feuillagé, le haut à coquille et pendentif à clochette offrant dans le haut une glace avec encadrement doré à rocailles.

225 — Glace Louis XV, de forme rectangulaire, cadre en bois sculpté et doré à rocailles fleuronnées.

226 — Petite commode Louis XV, de forme ventrue, en bois de rose, s'ouvrant à deux tiroirs chutes poignées et entrés de serrures en bronze ciselé et doré à rocailles fleuronnées, dessus en marbre brun veiné.

227 — Petit bureau de dame Louis XV, en marqueterie de bois, à losange, offrant dans le haut une pendule, et s'ouvrant sur les côtés à deux petites portes simulant une rangée de livres, ornée de bronzes dorés.

228 — Lit de repos Louis XVI en bois sculpté et doré à cannelure et rais de cœur foncé de canne doré avec coussins recouverts de velours de Gênes fond vert clair à treillages fleuris.

229 — Bergère Louis XVI à oreilles en bois sculpté et doré, à fleurettes au milieu de rubans enroulés recouverte de soierie fond crème brodée à semis de fleurs et guirlandes.

230 — Petite armoire Louis XVI en bois sculpté à rubans enroulés et rais de cœur peinte en blanc et s'ouvrant à deux portes.

231 — Petite bergère Louis XVI en bois sculpté et rechampi de gris, dossier orné d'une guirlande de fleurs et foncée de canne.

232 — Toilette Louis XVI en bois sculpté et rechampi de gris, s'ouvrant dans le bas à deux portes, ornées de vases enguirlandés, dessus en marbre blanc, surmontée d'une glace de même travail.

233 — Petite commode Louis XVI forme demi-lune en acajou, s'ouvrant à deux tiroirs, poignées et entrées de serrures en bronze doré, dessus en marbre brèche.

234 — Table ronde Louis XVI en acajou, dessus en marbre blanc avec galerie ajourée, tiroirs et tablette rentrante.

235 — Bureau de dame Louis XV en marqueterie de bois, s'ouvrant à cinq tiroirs, dessus en peau de porc.

236 — Petite bergère Louis XV à oreilles et à haut dossier en bois sculpté et doré à perlés rubans enroulés et feuillages, le haut à guirlandes de fleurs, recouverte de velours de Gênes fond orné perles à petites fleurettes.

237 — Bergère Louis XVI dite gavotte en bois sculpté et doré, à rubans enroulés et piécettes enfilées, accotoirs supportés par des colonnettes en forme de vase, recouverte de soie fond gris perle à bouquets de fleurs au milieu d'entrelacs.

238-239 — Deux chaises légères Louis XVI en bois sculpté et laqué gris, dessus à perles, rubans enroulés et cannelures enrubannées, dossiers ajourés en forme de gerbe, avec coussin en soie brochée à semis de roses.

240 — Meuble cabinet Louis XVI en bois sculpté parties dorées posant sur quatre pieds reliés par une entrejambe, il s'ouvre à deux portes ornées de panneaux laqués à dessin bleu sur fond blanc, représentant des personnages dans un paysage, des arbustes, des fleurs et des volatiles avec petits tiroirs à l'intérieur.

241 — Guéridon rond Louis XVI en acajou et filets de cuivre posant sur quatre pieds, dessus en marbre blanc avec galerie ajourée, tiroirs et tablettes rentrantes.

242 — Petite commode en bois rechampi de gris, à sculptures dorées à couronnes et guirlandes de fleurs et feuillage, elle s'ouvre à trois tiroirs, dessus en marbre brèche.

243 — Petit meuble à étagères Louis XVI en acajou et filets de cuivre posant sur quatre pieds reliés par une entrejambe, avec tiroir dans le milieu, le haut à fond de glace, dessus en marbre blanc avec galerie ajourée supportée par deux colonnettes.

244 — Petite table liseuse Louis XVI en acajou et filets de cuivre à trois étagères de forme octogonale.

245 — Paravent Louis XVI à trois feuilles en bois sculpté, peint blanc et or et orné de peintures à rinceaux et vases, le haut orné de gravures en couleur, gaîné de damas de soie bleu ciel.

246 — Vitrine Régence en bois sculpté laqué blanc de forme légèrement bombée avec les côtés en retrait, fronton orné d'une coquille au milieu de volutes feuillagées, elle s'ouvre à une porte, ornée d'une glace et de croisillons, intérieur gaîné de soie rose.

247 — Petite armoire Louis XV en bois sculpté laqué blanc et vert d'eau, moulures, volutes feuillagées surmontées d'une coquille, elle s'ouvre à quatre portes à treillages dorés, gaînée à l'intérieur de soierie rose.

248 — Vitrine Louis XVI en bois de rose de forme demi-circulaire, s'ouvrant dans le haut à deux portes vitrées et dans le bas à deux portes pleines avec table rentrante dans le milieu, entourage en marqueterie de bois, bandeau en bronze doré à rubans et fleurettes, chutes têtes de béliers posées sur des gaînes.

249 — Tabouret Louis XVI de forme ovale en bois sculpté et doré recouvert de velours ciselé, fond vert à rosaces fleuries.

250 — Petit secrétaire de poupée Louis XVI en acajou et orné de filets de cuivre.

251 — Grand bureau dos d'âne Louis XV en acajou s'ouvrant sur le devant à un abattant avec tiroirs à l'intérieur, orné de bronzes ciselés et dorés à rocailles.

252 — Petite bibliothèque Régence en bois sculpté, le haut surmonté d'une coquille, et s'ouvrant à une porte à grillages dorés le milieu en retrait et le bas à deux tiroirs.

253 — Fauteuil Louis XVI en bois sculpté et doré à perles feuillagées et rubans enroulés, dossier forme écusson, recouvert de velours de Gênes, fond gris perle à petites fleurettes.

254 — Régulateur Louis XV en bois sculpté, parties dorées, décorées de peintures vernis Martin représentant Amphitrite et Vénus.

255 — Grande horloge gaine en bois sculpté, à rocailles vases et corbeilles de fleurs, cadran en étain et cuivre gravé, signé Paquay Stone.

256-257 — Deux lits jumeaux Louis XVI en bois sculpté peint en blanc, dessin à rais de cœur, montants à colonnettes surmontées de panaches.

258 — Deux chaises légères Louis XVI en bois sculpté et peint blanc dossiers forme lyres, foncées de canne.

259 — Toilette en bois sculpté et peint blanc, le dessus mobile en marbre blanc, le haut orné d'une glace avec étagères sur les côtés.

260 — Bibliothèque Louis XVI en bois sculpté peint blanc s'ouvrant à deux portes à croisillon et grillages dorés, le bas à culot de feuillages enrubannées montant à colonnettes plates cannelées, le haut orné sur les côtés de deux vases fleuris.

261 — Petit bureau de dame à cylindre Louis XVI en acajou orné d'un perlé en bronze doré.

262 — Bergère à oreilles, Louis XVI, en bois sculpté et doré à rubans enroulés, perles et feuilles d'achante recouverte de soierie fond crème brochée à grands ramages et lamée d'or.

263 — Petit tabouret Louis XVI forme cœur en bois sculpté et doré, recouvert de velours ciselé à fleurettes.

264 — Rouet ancien en bois sculpté.

265 — Deux chaises légères de style Louis XVI en bois sculpté et laqué blanc, dossiers de forme octogonale, foncées de canne dorées avec coussin en soierie.

266 — Piano droit en bois noir de Gaveau.

267 — Lit de repos avec coussins et deux chaises Louis XV en noyer sculpté recouvert soierie fond rose dessin à branches de roses.

268 — Petite table rognon Louis XV en marqueterie de bois à losanges.

269 — Petite bergère Louis XV en noyer sculpté recouverts de velours fond crème à dessin rose.

270 — Petite table carrée Louis XVI à deux étagères en bois sculpté et peint en blanc.

271 — Chaise de piano Louis XVI en noyer sculpté recouverte de soierie fond rose à dessin blanc.

272 — Etagère en bois sculpté s'ouvrant dans le haut à deux portes, ornées de petits carreaux.

273 — Ecran avec tablette, en noyer sculpté, feuille en soierie à rayures.

274 — Fauteuil Louis XVI, en bois sculpté et doré à perles et rubans enroulés, dossier forme écusson recouvert de soierie à fleurs et guirlandes.

275 — Porte-manteau à étagère en bois laqué blanc.

276 — Chaise de style Louis XVI, en bois sculpté et laqué blanc, fond de canne.

277 — Porte-parapluie de style Louis XVI, forme tube, en bois laqué blanc, foncé de canne.

278 — Coffre-fort, de la maison Haffner, peint genre pitchpin.

279 — Beau meuble japonais à étagère en bois de fer sculpté ajouré et rehaussé de laque, divisé par petits compartiments et tiroirs ornés de panneaux, offrant en application de pierres dures,

nacres et ivoire des volatiles, papillons et branchages fleuris, fronton surmonté de l'oiseau sacré de Hô.

280 — Ameublement de salle à manger en bois de fer de Gô et Kamlin, finement sculpté sur le devant et sur les côtés composé d'un buffet et de deux dessertes. Travail Cochinchinois, de style Européen.

281 — Deux cadres en bois de Saô, sculpté, décor aux dragons.

282 — Encadrement de porte en bois sculpté et doré dessin à vases de fleurs et feuillages. Travail Chinois.

283 — Table à jeu en palissandre ciré, dessin en drap vert, style Louis XVI.

284 — Petit plateau en noyer, fond en satin brodé à fleurs avec gravure au centre.

285 — Secrétaire en bois noir orné d'incrustations de nacre, s'ouvrant à un abattant sur le devant, avec tiroirs dans le haut et dans le bas.

286 — Table de style Louis XV en marqueterie de bois à fleurs orné de bronzes ciselés.

287 — Canapé style Henri II en noyer sculpté, couvert en panne bleue.

288 — Deux marquises recouvertes d'anciennes broderie d'or et de soie appliquée sur de la panne verte et rouge.

289 — Secrétaire acajou et cuivres, style Louis XVI.

290 — Deux panneaux en bois de fer sculpé, ornés de peintures.

TAPISSERIES, TAPIS, TENTURES

291 — Belle tapisserie de la Renaissance, représentant une importante scène historique, composition d'une multitude de personnages.

292 — Deux beaux décors de baies en ancienne tapisserie de la Renaissance, représentant des scènes allégoriques à petits personnages, des bosquets et des corbeilles de fruits et de fleurs, composé chacun d'un bandeau et de deux grandes pentes.

293 — Suite de huit panneaux en ancienne tapisserie, représentant des allégories aux saisons et aux travaux champêtres, composition à petits personnages dans des paysages boisés et à horizon très clair.

294 — Belle portière ou panneau de tenture en ancienne broderie portugaise offrant des armoiries, des corbeilles fleuries et autres motifs décoratifs d'une grande finesse de dessin et d'une grande harmonie de couleurs.

295 — Dessus de piano en satin bleu brodé d'or offrant au centre l'aigle double au milieu de rinceaux fleuronnés.

296 — Tapis de table orné de carrés d'applications d'anciennes broderies à armoiries, volatiles fleurs et animaux.

297 — Tenture de lit en soie fond crême à guirlandes et couronnes de fleurs doublée de damas de soie crême, dessin à fleurs et moire avec ciel de lit en bois sculpté laqué blanc et vert d'eau.

298 — Couvre-lit en même étoffe.

299 — Deux grands rideaux et une portière en même étoffe avec franges et embrasses assorties.

300 — Tenture d'une chambre en damas de soie crême à fleurs, dessin moiré et à fleurs au milieu d'entrelacs.

301 — Deux grands rideaux en damas de soie bouton d'or, dessin blanc à bouquets de fleurs au milieu de guirlandes.

302 — Tenture d'une chambre en même étoffe.

303 — Grand tapis d'Orient, dessin polychrome.

304 — Chemin d'Orient fond bleu, dessin polychrome.

305 — Grand tapis d'Orient fond vert et rose à dessin polychrome.

306 — Tenture, deux rideaux de fenêtre et deux dessus de lit en étoffe fond crême à rayures et bouquets de fleurs.

307 — Deux portières en étoffe verte, dessin blanc.

308 — Carpette ancienne d'Orient fond rose à dessin polychrome.

309 — Grand tapis fond crême, dessins polychrome avec rosace au centre, bordure fond vieux rose.

310 — Quatre grands rideaux et tenture d'une pièce, en soie fond rouge à rayures multicolores et moirées.

311 — Grand tapis d'Orient fond crême sur contre-fond rose, dessin polychrome avec rosace au centre, bordure fond bleu.

312 — Chemin ancien d'Orient, fond rose à dessin polychrome.

313 — Décor de baie en damas de soie bleu ciel, composé de deux grands rideaux et d'un lambrequin.

314 — Tapis moquette crême recouvrant huit pièces.

315 — Tapis d'Orient fond rouge à dessins polychrome.

316 — Grand tapis de Smyrne, dessin polychrome.

317 — Grand tapis d'Aubusson style Louis XVI, fond grenat, offrant un médaillon à bouquet de fleurs sur fond crème, et sur les côtés, des boutons de roses au milieu de feuillages. $4^m \times 3^m75$.

318 — Petit panneau en satin groseille brodé d'or et d'argent, offrant au centre le buste du Christ. XVIIIe siècle.

319 — Grand tapis Smyrne fond rouge, offrant au centre une rosace, dessin polychrome.

320 — Tapis d'Orient tout en soie, fond rouge, dessin polychrome.

321 — Tapis d'Orient tout en soie, fond bleu, dessin polychrome.

322 — Tapis de prière d'Orient, fond rouge, dessin polychrome.

323 — Tapis d'Orient fond rouge, dessin varié.

TABLEAUX

DEBUCOURT (Attribué à)

324 — *Les Bouquets.*

325 — *Le Compliment.*

Deux gravures en couleur.

DONZEL (Jules)

326 — *Paysage.*

327 — *Un Chemin dans la forêt de Fontainebleau.*

HAMEY

329 — *Paysage de Suisse.*

LEMOINE (François)

(1688-1737)

328 — *L'Enlèvement d'Europe.*

SINET

329-330 — *Marines.*

Deux petits pastels.

ZIEM (Attribué à)

331 — *L'Entrée du Bosphore.*

ECOLE FRANÇAISE

332 — *La Femme au manchon.*

Aquarelle.

333 — *Portrait de femme en corsage rose orné de dentelles.*

Pastel.

ECOLE ITALIENNE

334 — *Paysages.*

Deux pendants.

335 — *Le Passage du Petit-Pont.*

336 — Objets omis.

www.ingramcontent.com/pod-product-compliance
Ingram Content Group UK Ltd.
Pitfield, Milton Keynes, MK11 3LW, UK
UKHW021959260726
13994UKWH00004B/1841

9 782329 356532